고추장 체면 살리기

고추장
체면 살리기

신현득 제11국민시집

대양미디어

국민시집의 변

60년대 초 한국 문인협회가 시작될 때 아동문학분과 인원이 겨우 40명이었으니 동시 시인, 동화 작가의 수는 그 절반인 20명씩이었다.

1957년 모 평론가가 대학교재 『한국 현대문학사』를 앞서서 출간했는데, 소(小) 장르인 〈아동문학〉은 문학사에 끼워주지도 않는 전례를 만들었다. 그래서 대학 국문과를 나온 학사들까지 아동문학맹(盲)이 되었던 거다. 2023년 오늘에 이르러 문협 아동문학분과 회원 수가 1,000명이 넘게 되었으니, 어느 문학 평론가도 평가해 주지 않던 동시 분야, 동화 분야를 이제는 찾아다니며 공부해야 되는 시대가 되었다.

내가 시를 시작하던 1960년대는 난해시가 아니면 무시당하던 시대였다. 나는 여기서 국민 모두가 읽을 수 있는 시를 개척해야겠다는 생각으로 이에 알맞은 시를 창작해서 '국민시집'이라는 이름으로 출간을 했다. 국민시집 『우리의 심장』

(1978, 미리내)이 그 시작이었다.

> 압록강 한강이 만나는 자리,
> 우리 하나씩 기진 가슴 주머니.
>
> 동해와 서해 한자리에 모인
> 우리 하나씩 지닌 가슴 주머니.
>
> 바다에 경계를 그어 놓아도
> 소금은 어디서나 피에 스민다.
>
> 육지에 경계선을 그어 놓아도
> 물은 흘러서 만나고 있다.
>
> 흘러서 고인 가슴 주머니.
> 〈제1 국민시집 제호의 시 『우리의 심장』 전문〉

분단 조국의 아픔을 그대로 담은 이 한 편 국민시를 나는 무덤에까지 갖고 갈 생각이다. 그만큼 나는 이 작품에 공감하고 있다.

제6 국민시집 『동북공정 저 거짓을 쏘아라』(2013, 세손)는 중국의 '동북공정'이라는 거짓 역사를 쏘아 없애자는 주제였고, 7집 『속 좁은 놈 버릇 때리기』(2015, 시선사)는 일본 수상이 대동

아전쟁에서 위안부 문제를 부인하기 때문에 그 반발로 쓴 항일시집이었는데, 대한민국 선열 유족회 발행 월간 《순국》에서 2015년부터 4년 동안 연재가 되는 영광을 누리기도 했다.

제10집 『우리 모두의 자화상』(2022, 대양미디어)의 머리말에서는 내가 여러 해 동안 세계사를 뒤져서 연구한 〈한국분단 원인사〉를 요약해서 곁들이면서, 그 제목을 '남기고 싶은 생각'이라 했다. 그리고 시집의 제호도 '우리 모두의 자화상'이라 했으니, 한민족 1억의 자화상이라는 뜻이다. '1억'이란 남북이 8천만이요, 해외동포가 2천만이라는 계산이다. 워낙 통분한 일이기 때문에 그 전문을 여기에 다시 옮겨, 억울한 우리 역사를 되돌아보기로 한다.

— 분단국가의 국민은 하루도 마음 놓이는 날, 온전하게 행복한 날이 없다.

하루도 빠지지 않는 분단 관계의 기사, 분단 관계의 소식이 우리를 짓누르고 있기 때문이다. 이것이 우리 모두의 강박증이 되고 있다. 분단국가의 국민 우리는 하루하루 이 고통을 견디고 있다.

우리를 나눈 것이 우리가 아닌 강대국이었다. 나는 분단을 주제로 쓴, 시에서 이 분단을 〈20세기의 죄악〉이라 이름 지어 두고 있다. 서양사에서 강대국에 의한 폴란드 3차 분할을 〈18세기의 죄악〉으로 칭하는 예를 따른 것이다.

이 죄악이 2차대전 말기인 1945년 2월 4일에서 10일까지 있었던 "얄타회담에서부터 시작된 것을 아는 이는 선지자다. 이때 미·영은 다 이긴 태평양전쟁에 소련을 끌어들여, 필요 없는 소련 참전으로 우리를 분단시키고 냉전을 앞당겼다.

소련의 참전은 히로시마에 원폭이 떨어진 1945년 8월 6일에서 이틀 후인 8월 8일이 시작이었다. 8월 15일 종전까지 겨우 1주일 참전이어서 전쟁 승리에 전혀 힘이 되지 못했으면서, 소련은 일로전쟁에서 일본에 배상했던 땅을 찾고, 우리는 국토가 동강 난 것이다. 그래서 나는 얄타 모임을 '실패회담'으로 이름 지어 놓고 있다.

소련의 태평양전쟁 1주일 참전이 없었다면 어떻게 우리의 분단이 있었겠는가. 어떻게 수백만의 목숨을 앗아간 6·25가 있었겠는가!

오늘에 와서는 일반시가 하루하루 국민시에 가까워지고 있다는 말을 듣는다. 기쁜 일, 아주 기쁜 일이다. 그러나 별 이유도 없이 시 문장에서 문장 부호를 제거하는 유행이 닥쳤는데, 필요해서 만들어 쓰던 문장 부호를 쓰지 않으니, 시 문장이 도리어 난해해졌다.

어린이를 주 독자로 하는 시를 창작하는 동시 시인까지 이 유행을 따르는 자가 있으니, 통탄할 일이다.

이 제11 국민시집 『고추장 체면 살리기』는 우리 민족문화의 체면을 살리자는 의미를 지니고 있다.

우선, 외세가 나누어 놓은 조국인데 통일이 멀어져가고 있으니 크게, 속상하다. 우리는 보물을 잃고 있다. 알아들을 수 없는 외래어 아파트 이름 때문에 우리가 불러오던 동네 이름에 상처가 크다. 속상하다.

외래어로 된 상품 이름, 가게 이름 때문에 우리 역사가 지닌 보물, 모국어가 죽어가고 있다. 속상하고, 속상하다. 하나의 예를 들면 단군 때 웅녀 할머니로부터 시작된 〈가게〉라는 말을 지난 20년 동안에 싹 잃었다. "이 마켓에서 샀니?", "저 슈퍼에 가봐라." 하는 말을 들을 때 죽어버린 우리 말 〈가게〉가 불쌍하다. 나라에서 경영하는 가게 하나만이라도 〈농협 마켓〉 아닌 〈농협 가게〉로 뒀더라면 〈가게〉라는 말이 싹 죽어버리지는 않았을 텐데 말이다. 〈동사무소〉 그 곱던 이름까지 혀를 꼬부려야 나오는 말 〈주민센터〉가 됐으니, 속이 상하고 상하다!

이 시집의 편집에서 출간에 이르기까지, 애써주신 대양미디어 서영애 사장과 정영하 편집국장님께 고마움을 여기에 적는다. 예쁜 표지를 마련해준 질녀 신경순 원장께도 감사의 인사를 적어 둔다.

단기 4356년(2023) 6월

차
례

제2부 • 물과 생명

제3부 · 고추장 체면 살리기

제4부 • 황새등재 소식 나르기

제5부 • 석양에 같이 서서

제6부 · 동글이가 굴러서 도봉 한 바퀴

제1부 컴 앞에서 맞는 시인의 새해

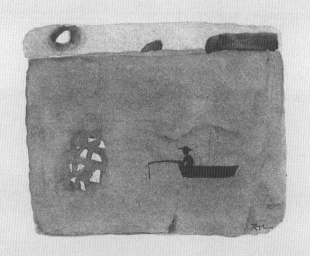

해가 뜬다

날이 샌다는 건
동해가 열리는 일이다.
해가 뜬다는 건,
우리 꼬꼬 닭 소리에 이끌려, 지구촌 하루가
우리 땅, 여기서부터 밝아지는 이거다.

물동이만 한 해가 동해 바다에서 훌쩍 솟더니
풀잎마다에 조금씩,
외양간 귀여운 송아지에게도 조금씩.
곡식 포기에 햇빛 밥을 줘서 키운다.
사람에게도 조금씩 나눠준다.

해가 뜬다는 건 그렇게 생명을 도우려는 것.
"받아들일 때는 햇빛이더니
 먹거리 양식이네." 하고 놀라게 하고
초록을 키우고, 초록 열매를 키우고,
지구촌 영양을 대어주겠다며, 희망과 사랑이라면서
해가 솟고 있다.

물동이 크기로 솟더니.
오늘도 어제의 해님만큼 작아졌다가
동그래지네, 내 손으로 한 뼘.

우리 복판에 떠서
오늘 종일,
따습고 배부르게 해주네.

〈2018. 3. 8(목) 밤, 지하철에서〉

컴 앞에서 맞은 시인의 새해

컴퓨터 앞에 자판을 놓고, 시 한 편을 쓰고 있는데
땡! 새해다.
토끼의 해, 이공이삼(2023)년 첫날, 영시 영분 1초!

놓인 볼펜, 메모지 조각이 같이,
한 살씩 냠냠냠, 나이를 먹는다,
몽당연필도, 컴도, 자판도….

"새해라면 먼저, 해야 할 일부터 챙겨야죠."
부지런히 시를 거들다가 몽당이가 된 연필의 말.
"농부라면 씨앗을 심는 일, 가꾸는 일이 새해의 일이지만…."

시인은 시를 가꾸는 농부다.
시의 씨앗 고르기가 첫 번째의 일.
이걸 마음 밭에 뿌려서 가꾸는 게 시인의 농사!

시에 꽃이 피면 벌과 나비를 불러야 하고,
시가 잘 여물도록 김매고 북을 돋우어야 한다.
좋은 시를 많이 거두면 시 풍년이다.

"그 일에 힘을 모아 주겠니?"
"예!"
"예!"
"예!".

둘러보니
지퍼를 닫아 놓은 필통 속에서도 큰 대답이다.
몽당 지우개, 창칼, 색연필의 목소리.

우우우우…,
시가 되겠다며 나선 글감들.
날이 밝기 전이라 목소리만 들리네.

앞 뒷산의 소나무, 벼랑 밑 돌멩이
해와 달까지.
시가 되고 싶지 않은 건 없구나.

모두가 같이 한 목소리.
"시 풍년을 이루자, 이공이삼, 파이팅!"

〈고구려아이 문학사랑회 새해 시낭송(2023. 1. 31.)에.
의성신문에〉

오랜 실수 한 점이

잠 안 오는 밤이면
내 생년월일이 혈압치와 자리를 잡는다.
괜찮겠지, 한다.
체크를 시키려는 것. 나이 들면서 필요할 거란다.

이것이 묘한 각도로 내 수면의 길이와도
구도(構圖)를 잡는다.
나이가 들면서 잠들기가 힘 드는 걸 달래려는 것.

오래된 실수 한 점이 와서 구도를 잡는다,
지은 업이 없다고 해도
스스로를 살피라며.

여기에 내 가문의 대수를 짚어
벋은 나무에 견주고 보니
내 자식들은 여기 어디서
아비의 가지에 매달렸구나.

그것만 아니다
내가 내 손으로 얽어 온 세상살이가
오늘에야 더 엉성해 보인다.

약해진 시력으로
나를 더듬어도 그렇다.
힘이 왕성할 때는
내게 구멍이 숭숭하다는 걸 몰랐다.

〈2017. 12. 31.〉

나도 아기가 있다

나무가 말한다.
"나도 아기가 있다."
참외 덩굴이 말한다.
"나도 어린이가 있다."

핀 꽃이 모두 아기란다.
맺은 열매가 모두 어린이란다.
아기는 예쁘다.
어린이는 귀엽다.

오늘은 어린이날.
아기들, 어린이들 만세 부르는 날.
아기 짐승은 뛰고, 아기 새는 노래다.
"팔짝팔짝…, 짹짹짹…."

나라 안 집집마다 아기 만세다.
나라 안 학교마다
어린이들 만세다.

숲에서는 아기 짐승, 이기 새들이,
콩밭 고랑에서,
온 들판에서 초록 열매까지.
"우리 모두 어린이다 만세!"

〈농민문학 2023 / 여름호〉

입을 다문 나무

나무가 말을 하게 되면 할 말이 많지.
"넌 왜, 내 팔을 왜 자르니?"
"아이구 아야, 톱날이 내 몸통을 쪼개고 있다!"

시끄런 나무 되지 않기 위해,
나무는
반가운 일에까지 입을 다물기로 했지.

그러면서 나무는
봄의 기쁨을 꽃 빛깔로만 보여주는 것.
"봄이 오니 기쁘다. 꽃이 곱지?"
꽃 빛깔로만 말하는, 입을 다문 나무.

더 기쁜 일에는
초록 잎을 흔들지.
"내 키가 잘 크고 있다, 팔랑팔랑."

외치고 싶을 때는 가지를 흔들지.
"바람 너 그러는 거 아냐!"
거센 바람에게는 큰 몸짓으로
야단을 칠 뿐.

〈나루터(부산행정동우문인회) 2022 / 18호〉

봄갈이 농심

씨앗이 씨 바구니에 담기면서
어리광을 한다.
농심(農心)이라야 그걸 알아듣지.

"농부의 힘이라야 들을 일군다."
그 말을 하면서
조상한테서 농법을 배운 손이 나선다.
봄갈이 시작이다.
버드나무 새잎에 놓인 햇살의 무게를 본다.

힘으로 쟁기를 끌던 소는 고사(古事)의 얘기.
오늘의 농부 우린 툴툴 투덜대는
경운기 소리까지 알아듣는다.
경운기, 트랙터가 갈아엎은 논밭에
손으로 묻는 씨앗

나 혼자를 위해 씨 뿌는 농부는 없다.
모두에게 나눠질 풍요를 위해
땀 흘리는 농부.

대지(大地) 어머니의 너른 품이
씨앗을
어리광 채 받아 안는다.
안긴 씨앗이 포근하다.

〈농민문학〉

안아주는 팔

이 큰 지구에게 손이 있다는 거
보이지는 않지만 팔이 있다는 거,
고맙다, 고맙지.

지구 밖으로 나가지 않게
우리 논밭둑을
논밭에서 크는 곡식을
호박을, 호박 덩굴을,
자라는 숲을 꼭꼭 안아준다.
나무 포기, 풀 한 포기를 안고 있다.
안긴 푸나무는 그걸 모르지만
보이지 않는 손으로, 팔로, 어깨로.

산을 안고 있네, 들을 안고 있네.
마을을 안고 있네.
나라를 안고 있네.
대륙을 안고 있네.
바다를 안고 있네.

대륙 위에서 기는 벌레, 뛰는 짐승과
78억 인류를 안고 있구나.
남과 북, 해외 거주를 합치면 1억의 우리.
우리 모두를 안고, 안아주고 있구나.
보이지 않는 손, 팔이.
엄마, 아빠 우리 가족 모두를.

〈농민문학 2022 / 봄호〉

달이 내려다봤지

저기, 나를 쳐다보고
달님이라 부르는 나라가 있네.
꼬마들이 예쁘군.
예쁜 아이를 골라내 이름을 붙인다지,
달님이라고.

내 얼굴이 동그랗게 보이는 날을
보름이라 한다지?
새해 대보름은 큰 명절이라 새 옷을 입었네.
꼬마들은 색동옷.

이날에 찰밥을 빚어서 나눠 먹네,
이웃 간에 인정을 찰지게 하자며.
착하군, 착한 나라야.

액을 태운다며 달불을 놓고,
뜨는 달을 먼저 본다며 다투어 산을 오르네.
보름달 내 얼굴이 보이자
소원을 비는군.

그 소원이 수만 가지, 너무 많아서
다 들어주긴 나도 힘드네.
그러나

풍년을?
그래, 그건 약속을 하지,
부지런히만 매고 가꿔라!

통일을?
그건 달님 나도 힘들어!

〈농민문학 2023 / 봄호〉

우주에서 본 우리 뽕나무

태양계에 내놓아도 크진 않지만
은하수에 내다노면 모래알 크기 지구촌.
거기에서도 작은 나라.
그것조차 외세의 손에서 동강 난 우리, 그래도
망원경이면 잘 보이제?

그 반쪽에 도·군·면·리, 그다음은 번지다.
우리 마을 164번지 우리 집 텃밭.
여기에 식물 분류학이 나눈
— 고추 몇 고랑.
— 파 몇 고랑.
— 가지 몇 고랑.

둘레에는 박 몇 포기.
호박 몇 포기.
그 둘레에 뽕나무!
우주에서 보이제?

"뽕나무를 뭐할라꼬 키우노?
 비어 내삐리제, 누에도 없는 이 시대에!"
그 질문이 문제다, 문제!
옛적 신라적부터 키우던 누에나무, 뽕나무!

뽕잎 먹고 자라던 누에 벌레.
비단 낳아주던 누에.
뽕나무에서 오디 따 먹고 자랐던 소싯적 생각.
한잠·두잠·석잠 자고 막잠째에
번데기로 변신, 고치 짓기.

고치 푸는 날 주워 먹던 번데기 맛이
가지마다 조롱 조롱 조롱, 열려 있는 걸.
오디도 조롱조롱, 우리 집 보호수.
우주에서 잘 보이제?
키울만하제?

〈농민문학 2022 / 여름호〉

오늘, 이 시간의 의미

오늘 하루 이것이
세월 한 조각.
그 무게를 들어보면 작은 거 아냐.

이어가는 역사의 조각,
나의 조각이기도.

이 하루로 거울을 만들어 내 얼굴을 비춰볼 수도 있지만.
이 하루로 신을 만들어 신고 다닐 수도 있지만.
이 하루를 놀이감으로 해서 뺑뺑이놀이를 할 수도 있지만.

조용히 세상을 불러와 앉혀 놓고
세월 모서리를 봐 가며
시 한 편을 구상하자구.

하늘을 날 수 있는 시, 날아다닐 수 있는 시.
그 날갯죽지 깃털 하나를 시작해도 괜찮아.
세상을 걸어다닐 발가락 한쪽을 그려도 의미가 있지.

좋은 목소리가 깃들면 좋지만
아니어도 괜찮아!

〈국제문단 2023 / 여름호〉

우리 같이 쏘았다

— 5, 4, 3, 2, 1, 발사!
발사 신호가 울린 것이
2022년 6월 21일 오후 세 시 59분 59초다.
역사적 순간.

쏘아 올렸다, 고흥 나로우주센터에서!
전국에서 울린 함성.
우리 기술로 만들어, 우리 기술로 쏘아 올린
누리호.

3단 로켓으로 불을 뿜으며 날아
15분 46초 만에 700킬로 정상궤도 상공에 진입,
남극 세종기지와 교신을 했단다.
"야아!" 감동하는 나라 사람,
감동하는 산천.

세계에서 일곱 번째라니, 대견하다.
식민지 노예에서, 분단에서, 6·25에서,
가난으로 몸부림치던 우리가 우리 힘으로 인공위성을!

'새마을'로 한강의 기적을 이루더니,
첨단공업에서 기적을 이루더니
인공위성으로 우주를 열었다!

누리호 그 몸속에는
우주의 눈이 되어
우주 정보를 모아 줄 기구들이 소복.

연구와 노력을 더 해서
10년 후에는 달 착륙선을 쏠 거라니,
나이 탓하던 이들이 그걸 보고 세상을 마치겠다며,
왈칵 가슴으로 눈물을 쏟는다.
애쓴 우주 과학자들에게 감사하는 나라 사람들.
앞선 몇 분을 뉴스의 사진으로 보고,
협력자, 협력단체를 기사로 읽으며,
그동안의 수고를 뉴스로 보면서.
"이분들이…." 하며 다시 감동을. 그러나

우리 5천 년 역사의 힘이 쬐끔은,
자식 교육에는 지니치다는 우리의 교육열이 쬐끔은.
나라 사람 모두의 힘이 쬐끔씩.

그 역사의 힘에
세종이, 충무공이.
삼천리의 초목이, 강물이.

백두산 한라산이
같이 힘을 모은
누리호였다. 이젠

우리의 갈 길에
발사 신호를 보내자.
— …다섯, 넷, 셋, 둘, 하나, 발사!

— 쓔우우우우웅!
— 야아아아아아!

〈한국시낭송회의 2022 / 200회〉

소파 선생 그 손길

색동회 모두의 목소리로 불러봅니다.
"소파 선생님!"
"어린이 사랑의 소파 방정환 선생님!"

하늘나라로 떠나신 지 여든아홉 해가 되었지만,
선생님은 우리 곁에만 머무십니다.
"어린이를 사랑하라." 그 말씀 때문이지요?
"어린이를 잘 길러라." 그 말씀 때문이지요?
"소파의 눈이 되어라!" 그 말씀 때문이지요?
"소파의 귀가 되어라" 그 말씀 때문이지요?
"소파의 손길이 되어라." 그 말씀 때문이지요?

우리는 선생님을 마음속에 모시고,
선생님 가르침 따라 어린이 사랑을 다짐하려고 오늘
선생님 유택 앞 여기에 모였습니다.

우리는 학교마다 교실마다 선생님 손길이 계시고
놀이터마다 계시고, 어린이들이 크는 가정마다
선생님 손길이 계시는 걸 봅니다.

우리는 선생님의 따스운 목소리를
듣고 있습니다.
"잘 크거라, 나라꽃으로, 일꾼으로.
 바르게 튼튼하게 …."
소파의 말씀을 실천하면서
모두 소파처럼 되려고 여기에 모였습니다.

다짐하는 우리 목소리 들어주세요.
색동회 모두의 목소리예요.
"소파 정신을 어린이 사랑으로 꽃피우자!"
선생님 들리시죠?

〈2020. 7. 23. 소파 89주기에
망우산 묘소에서 색동회 일동〉 신현득 시

어린이날 100년에

백 년이란 무엇인가?
1만 년에다 바탕을 놓은 것.
1천 년을 향해 달려온 하나의 고개.
하나의 씨가 싹터,
1백 번 꽃을 피우고 1백 번 열매를 키워서 거두는 시간.
쉬운 말로는 1세기다!

어린이날 100년은 무엇인가?
독립운동의 다른 이름으로 세운 깃발 〈어린이의 날〉이었지.
어린이들을 길러 독립운동에 보내었는데,
침략자가 물러간 뒤에는 이들이
나라 건설에 힘을 모았지.

일하고 땀 흘리고, 들을 가꾸고, 기계를 돌리더니
"어영~차! 영차! 영차!" 소리 맞춰
후진국 이름의 조국을 번~쩍 들어서
세계 10위권에 올려놓은 기적!

그게 어린이날 100년이 키운 나라 힘이다.
그 힘이 어린이날 100년이다!
어린이날 100년에 이룬 기적의 탑을 바라보는 게
어린이날 100주년이다!

그리고 또, 어린이날 100년은 무엇인가?
1922년 5월 1일, 천도교회 소년회에서
어린이의 날 첫 깃발을 들고,
전단을 가두에 뿌리며 외쳤지.

— 십 년 후 조선을 려(慮)하라!
— 십 년 후 조선을 려하라!
— 십 년 후 조선을 려~하라!
외치며 외치며 행진을 했으니 이날이 어린이의 날 첫날.
오늘 100년은 어린이날 첫날에서부터 역사를 더듬는 날.

— 같이 일했던 색동회 역사 챙겨보기.
— 1957년에 공포한 〈어린이 헌장〉을 찾아보는 일
— 같이 걸어온 교육의 역사를 살피는 일.
— 1970년 어린이날이 공휴일 되던 기쁨을 챙겨보는 일
이것이 어린이날 100년에 할 일.

그리고 또, 어린이날 100년이 무엇인지?
역대 어린이를 위해 애쓰신 분을 국민의 가슴에 모시는 일.
— 〈사랑의 선물〉을 든 소파 선생부터 다음은 반달 선생을.
— 눈솔·따오기·해송·석동 소천 등

— 고향의 봄·초록 바다·나뭇잎 배·파란 마음, 하얀 마음 등
글과 노래로써 어린이를 길러온 선배들의 고마움을
어린이들 마음에 담아 주는 일.

그리고 또, 어린이날 100년은 무엇인가?
오늘에 수고하는 우리를 살피는 일.
— 어린이들 위해 좋은 문학잡지를 내는 이들.
— 힘들여 작품을 쓰는 아동문학 작가들.
— 교육 일선에서 뛰는 교육자들
이들이 모두 어린이 운동가다!

어린이날 100년이다, 1세기다!
어린이들 손을 잡고, 다음의 100년을 바라보자.
세계를 향하자, 희망이 열려 있구나.
세계를 향해서 외치자!

2022년 5월 1일 오늘은
어린이날 100년이다!

〈2022. 5. 1. 어린이날 100주년 행사에서 신새별 시인이 낭송. (수운회관에서).
자유문학 2022 / 여름호〉

고구려의 시탄(詩彈)

지혜의 장수 乙支.

놀려줄까, 하고, 적진을 슬쩍 살피며 詩 한 귀(句)를 두고 왔것다.
— 어찌 그리 천문을 잘 알았을꼬?(神策究天文)
　지리도 잘 아는군 장하네.(妙算窮地理)

"乙支가 이것도 두고 갔습니다."
"이건 또 뭔가?"
— 이미 勝戰의 공이 많으니(勝戰功旣高)
　만족하고 그만두지 그래. 요 맹꽁아(知足願云止)

"이거 당했군!"
　詩彈에 맞은 敵將 文述이 얼얼한 참인데
　乙支 우리 장군은 전략을 짰지.
"적은 압록에서 지쳐 있다.
　평양까지 길을 비켜주라."

難攻不落 險固한 평양성을
돌아가는 隋軍을 뒤쫓으며, 고구려는 화살 비를 퍼부었지.
살수에서 적장 辛世雄을 베고,
적의 九軍 30만 5천을 물속에 묻었으니
살아간 자 겨우 2천 7백.

고구려 詩彈에 隋가 역사 채 무너졌다.
침략자는 가라!
성군이 계시고 백성이 있고,
힘이 끓는 고구려다!

시인이며, 智將인 을지 우리 장군을
초목이 안다.
물소리 바람 소리까지 찬양의 노래다!

＊ 삼국사기 제44권, 열전 제4 을지문덕 조
〈2013. 3월 문사예즐 낭송모임〉

속 좁은 아베(安倍)에게 주는 서시

네들이 그러지 않았다면 목소리가 큰
이들 시편은
씌어지지 않았을 거다.

신라·고려 때, 네들의 도적 떼 왜구와
7년 왜란이 없었다면,
불국사도 경복궁도 불타지 않았을 거다.

네들이 서울 복판에 총독부를 세우지 않았다면,
36년 유린이 없었다면,
그 많은 애국지사의 목숨을 빼앗지 않았다면,
순하디순한 우리가 뭣땜에 네들을 원수 삼겠니?

네들이 대동아전쟁을 일으키지 않았다면,
징병·징용·보국대가 없었다면,
우리 말, 우리 글을 빼앗지 않았다면,
우리 처녀들을 데이신따이(挺身隊)로 잡아가지 않았다면,
이 글을 쓸 리는 없지.

잘못은 언제나 네들에게 있었다.
네들에게 있었어!
지금이라도
"잘못됐다. 죄지었다."
이 말을 할 줄 안다면,
그 말 한마디 할 줄 안다면…,

처음부터 우리 땅인 독도를
지금 와서 일본 땅 다께시마입네,
하지 않는다면
이 시집은 엮지 않았을 거다. 그러나

제 잘못을 모르는 속 좁은 얌체 악종에게
지긋지긋한 기억을 더듬어서
시편을 써야겠구나

수천 년 조상의 영현 앞에서
순진한 투사들이 일러주는 글귀를
여기에, 피로 적는다.
들어라! ……

네들이 우리라면 어쩌겠니?

어찌할 거니?

우리가 네들 왕후의 목에 칼을 꽂았다면,

네들이 한 것처럼.

※ 항일시집 『속 좁은 놈 버릇 때리기』(2015)의 서문 원고를 낭송시로 개작함
〈문학의강. 시낭송회의(2014. 3. 28.)〉

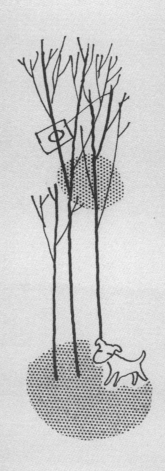

꼬마들이 왜?

전쟁은 어른이 일으킨 거다,
그것도 강대국이.
많이 죽이기를 자랑삼는 강대국 무기. 그러니
어른들끼리나 죽고, 죽일 일.

왜, 꼬마들이 폭탄에, 총알에 쫓겨야 하나?
왜 멍멍이가 굶어가며 빈집을 지켜야 하나.
소꿉놀이하던 어린 목숨이?
왜 총알 밥이 돼야 하나?
젖먹이 목숨이 왜 죽어야 하나?

아기 하나의 목숨이 지면 유모차 하나씩이 빈다.
어느 전쟁터에서
아기 잃고 줄을 선 유모차가 109대라는 기사.

유모차 109대가
아가 엄마, 아기 아빠와 같이
목메어 울고 있다!

〈2022. 3. 22(화). 새벽〉

동심이 놓이면

동심 이놈이 돌멩이 위에 놓였다.
아기 맘이 된 돌멩이가 그냥 있질 못하지.
"굴러볼까?" 하는 생각.

산길을 굴러본다.
돌돌돌 돌돌돌… 재미있네.
들길을 굴러본다.
돌돌돌 돌돌돌… 재미있네.
냇둑길을 굴러본다.
돌돌돌 돌돌돌… 재미있네.

그러던 동심이 바람 끝에 올라탔다.
아기 맘이 된 바람이 그냥 있질 못하지.
"날아볼까?" 하는 생각.

들판을 날아봤지.
휘익~ 휙, 휘익~ 휙… 재밌네.
산모롱일 날아봤지.
휘익~ 휙, 휘익~ 휙… 재밌네.

산꼭대길 날아본다.
휘익~ 휙, 휘익~ 휙 재밌네.

이러한 동심은 두드리면 소리가 나고.
이러한 동심이 시 속에 자리하면 동심의 시.

동심 이놈이 나뭇잎에 놓이면 나뭇잎이 좋아서
그냥 있질 못하지.
"춤추자, 춤추자, 춤추자!"
팔랑팔랑 팔랑팔랑 팔랑팔랑….

종일 동심은 지쳤다
"구르고, 날고 춤을 췄으니
 이제 동심은 콜콜 잠자기다."

동심 어디 갔지?
"잠자러 갔다, 찾지 마."

〈2023. 6. 8(목). 밤〉

사막의 배는?

"사막의 배는 낙타."
쉽게 그런 소리 말어.

허리에 짐을 묶어서 얹고
터번의 아랍인을 하나씩 거느리고,
여럿이서 줄 세워
사막을 건너는 배는
툭, 툭, 발자국을 던지는 낙타의 다리 힘이야. 그러나

쉽게 그런 말 말어, 사막을 건너는 배는
70도 작열하는 볕을 견디며,
모래의 반사열, 그 시달림을 견디며
모래의 표면장력을 우벼 쥐고
물 위를 걸어가듯
수평 걸음으로 한 발짝씩 사막을 재어가는
넓죽한 낙타의 발바닥이야. 그러나

쉽게 그런 소리 말어.
사막을 건너는 배는
가도 가도 풀 한 포기 없는
가도 가도 물 한 모금 없는 모래 언덕,
모래 산, 모래의 바다에서

여러 날 목마름을 참고, 여러 날의 주림을 넉넉히 참으며
지평선 넘어 수천 리를 묵묵히 걷는
낙타의 숨은 의지 그거야. 그러나

쉽게 그런 소리 말어.
낙타의 다리 힘.
꺼지지 않는 발바닥.
숨은 의지를 모두 엄친 게 낙타 아닌감?

맞다, 맞아.
사막의 배는 역시, 낙타라구!

〈한국시낭송회의 2018. 6월 / 181회〉

기계 공화국

사람의 말을 듣도록 만든 기계
일하는 능력이 인간과는 비교가 안 되지.
인간에게 순종은 해왔지만 그게 영원할까?

어느 날 갑자기.
"기계 우리가 왜 인간의 노예로만 살아야 하나?"
하고 나선다면 인간이 기계를 당할 수 있을까?
"기계에게 권리를 달라!"
이 요구를 들어주지 않을 수 없는 날이 올 수도.

기계가 쇠몽둥이로 인간을 위협해서
기계의 노예로 하고,
인권을 주지 않는다면 어쩌지?

기계 대통령을 뽑아서
기계공화국을 선포하고,
기계장관을 임명해 놓고
인간을 지배할 계획을 한다면 어쩌지?

"이제는 기계시대다!"하고
시대 선언을 하고 나선다면
우린 어쩌지?

몇 만년 앞일을
지금 생각해 둘 일.

〈2023. 6. 8(목). 밤〉

내 몸 떼어서, 세 동무를 살린 소율이

내 심장을 떼어서 남을 준다는 건
쉬운 일 아니죠.
내 신장을 떼어서 남 주는 일도
아주 어려운 일.
그렇다면, 자기 심장 하나,
자기 신장 둘을 떼어 줘
동무 셋을 살려낸 소율이는 너무 착하죠.

어느 날
난데없는 사고로
소율이가 의식을 잃었어요.

전부터 폐암을 앓던 엄마의 병실에
나란히 눕혔으나,
의식이 돌아오지 않았지요.
음식을 한 모금도 못 넘겼죠.

"정신 좀 차려봐라. 소율아!
 아빠 여깄다. 엄마도 여깄네!"
무슨 수로도 소율이의 정신을 되돌릴 순 없었지요.

웃음이 예뻤던 소율이었는데.
강아지, 고양이에게까지 "안녕!" 인사하던 소율이.
꽃 핀 나무에게도 "안녕!" 하던 소율이었는데….

그러다가 엄마를 먼저 보내고,
슬픔 속에서 아빠가
소율이 코로 영양을 주입하려는데
따님의 목숨이 며칠이면 끝날 거라는 의사의 진단.
그리고 의사의 말이 따님의 심장과 신장을 기증하면
세 사람 아기를 살리게 된다는 얘기.

듣고만 있던 아빠가 하는 말.
"그런 중대한 일을 아빠 혼자 결정할 순 없지요.
 심장의 주인인 소율이한테 물어봐야지요."

의식이 없는 소율이한테 아빠가 물었죠.
"소율아, 어쩔까? 네 심장, 네 신장을 남기고 가겠니?"
그리고, 몇 시간 뒤
꽃밭을 뛰어다니는 소율이가 나타났죠.

"아빠, 여기는 아빠가 자주 말하던 극락의 꽃밭이야.
 엄마도 여기에 와 있다.
 내 심장과 신장으로 동무 셋을 살려 줘라, 아빠."

분명히, 임자 소율이 허락이 난 거죠.
꿈을 깬 아빠가 그만
펑펑, 울어버렸대요.

〈불교문학 / 2022(27호)

거미 완용(完用)이

"누구보다 원만하군. 유능해."
그 소리 들으며 영은문 터에서
독립문 건립 위원장이 되었다,
완용이라는 거미 인간이.

수천 명 앞에서 애국 연설 한마디
박수를 받고 나서 "어험!"
큰기침 한 번.

"저런 분에게는 충성밖에 없다."
듣는 이, 보는 이 모두의 생각이었지.
'설마 매국노까지야.'
그 생각, 하는 이는 없었지.

"누구보다 세계정세를 아는 분.
 나라를 일으킬 분."
그 칭찬이 거미의 귀에도 들렸지.
'그건 나도 모르네. 줄타기를 해봐야지.'
거미의 생각.
그러면서 그도, 설마 했었지.

독립협회 2대 회장을 맡았지만
갈림길에서 망설였지,
이로운 쪽을 취하는 거미였기에
황제와 황후의 총애를 받았지만
줄타기 거미였을 뿐.

친미파에서 친러파로 얼굴을 바꾸어
아관파천에 공을 세웠지.
대한제국 선포에도 알랑대더니,

황후를 죽인 원수들과 손을 잡는다,
"이제 나는 친일파다" 하고 나서며.
설마가 이루어지고 있는 것.

통감 이등이 자리를 준,
대한제국 총리대신 거미가
황제를 위협해서 황제를 바꾸었지.
이등이 안중근의 총에 거꾸러진 뒤에는
거미도 이재명의 칼을 맞았지만,
그래도 살아난 거미 完用이

경복궁을 들어서 바다 건너 왜국에 팔았다.
왕실을 들어서 왜국에 팔았다.
국토와 백성을 왜국에 팔았다.
설마가 이루어진 것.

"나 完用의 이름은 완전히 쓰이는 그거다."
거미의 제 이름 자랑이
賣國에 온전하게 쓰인 것.

그런 요령 그런 수완, 그런 줄타기로
그가 얻은 건
조선총독부 중추원 부의장에 왜왕이 내린 작위
지을 수 없는 이름 賣國奴!

〈한국시낭송회의 164회(2016. 10. 22.)〉

요만큼 조만큼

발자국을 세면서 걷는 사람은 없다.

그러나 한 발, 한 발에 조금씩
내 자취가 고인다.
고만한 이생이 고인다.

고만한 시간의 무게가 담긴다.
목적지를 향해서 가고 있다.

바쁜 길, 바쁜 걸음일수록
내 헐떡이는 숨결이 고인다.
요만큼 조만큼 총 총 총 총….

〈작품일자 분실〉

2018년의 과일 맛

"정치 보복 중단하라!"
거리에 나선 태극기가 외친다.
수십만 군중이 외친다.
가로수가 외친다.

그러다 보니 더위가 기승을
114년 만의 더위.
그러다 보니 태풍까지.

만나는 사람마다, 더위 이야기에 세상 이야기라.
바람이 날라다 주는 얘기를 과일이
맛 들면서 듣는다.

추석 차례에 오신 조상님들이
대추 · 밤 · 배 · 감을,
여분으로 차린 사과와 귤까지 맛보시고,
"과일 맛이 왜 이렇지?"
"과일 맛이 옳겠어? 세태를 보면 알지."
"걱정을 하며 익어서 그렇군."
2018년의 과일 맛.

〈2018. 9. 25(화).〉

손톱깎이, 그 언어

우리 집에서 손톱 깎는 전담은?
"나야, 똑 똑….."
정확한 언어를 보이며, 손톱깎이가
손톱을 깎고 있다.

"엄지·검지·중지·약지·꼬맹이."
손가락 이름 외우며
"일하는 손끝을 야물게 지켰구나, 똑!
 더 길면 손톱 밑에 때가 끼거든, 똑!
 돌아날 새 손톱에게 일을 맡기고, 네들은 …, 똑!"

오른손, 왼손 손톱 모두 깎고,
발톱깎이 아니지만 발톱도 깎아준다.
"발끝을 지키느라 수고했구나, 똑!
 더 길면 발톱 밑에 때가 끼거든 똑!
 돌아날 새 발톱에 일을 맡기고, 네들은 똑!"

온 식구 손·발톱을 모두 깎은 손톱깎이.
손톱깎이 언어를 온 식구가 알아듣는다.

〈국제문단 / 2023〉

제일 큰 실수

인간은 뼈 하나였지.

석회질 뼈 하나
거기에다
통통하게 살을 붙인 것.

거기에 의식을 붙인 것.
거기에 언어를 붙인 것.
웃음을 붙인 것.
거기에 욕심을 붙인 것.

거기에 시장기를 붙인 것.
그리고 곧게 서서
걸어다니게 한 것.

그리고 몇만 년 뒤
창조주께서 크게 크게
후회했지.

욕심을 붙이지 말걸.

말걸.

내 큰 실수였어.

〈2017. 10. 26(목). 밤〉

물과 생명

세상의 큰어머니 물.
생명은 모두 H_2O라는 화학식이다.

거기서부터 목소리가 발생
생명 모두 물을 조상으로 찬양한다.
쬐끄만 물방울이 서로 불러 모여서
숨 쉬는 모습을 이룬 것.

내가 태어난 이걸
마시고 휘젓고
더러운 걸 씻는다.

심장에서 뛰고,
천천히 혈맥으로 흐르는
고마움을 지닌 물.

초록의 시조라.
물이 없으면 초록이 없다.

물이 없으면 언어가 없다.
언어의 시조.

물이 없으면 시가 없다.
시의 시조도 물이다.
고맙지.

〈2017. 10. 26(목). 밤〉

제 3부 고추장 체면 살리기

마스크 쓰고 애국가를 불러야

세계대전이다!
전세계 인류 74억이
한 사람 빠짐없이 나선 전쟁.

적군의 수를 알 수 없네.
적(敵)은 코로나 군사.
현미경으로 봐야 아는
미크론의 키.
이런 괴적(怪敵)과 싸우긴 첨이야.

코로 입으로 침입하는 미크론의 적.
마스크가 최고의 무기다!
의식에서 마스크 쓰고
애국가 부르는 이유!

애국가 두려워하고
마스크 두려워하는 적과의
세계대전이기 때문.

— 나의 건강을 위해.

— 나라의 건강을 위해.

— 세계인의 건강을 위해!

마스크에서 흐르는 애국가의 뜻이 1천 배 강하다.

"괴로우나 즐거우나 나라 사랑하세."

인류의 적을 미크론의 세계에서 만나게 될 애국가

의미가 큰 애국가와 마스크다!

〈2022. 3. 18.〉

부처님의 우주

부처님 우주는 황하사의 세계라.
그 세계 하나씩에 수미산이 하나씩.
해가 하나, 달이 하나씩.

해, 달 1천이 소천세계요.
소천세계 1천이 중천세계요.
중천 세계 1천이 대천세계라.
우주 전체는 삼천대천세계.

수미산 둘레에는 여덟 개 큰 바다.
수미산 높이는 8만 4천 유순.
바다에 잠긴 깊이도 8만 4천 유순.

수미산에는 칠보의 층계길.
길가 양쪽에 일곱의 보배담
보배담 바깥에는 일곱 겹의 보배나무.
수미산에는 꼭대기는 도리천.
도리천에서 12만 유순 높이의 도솔천.

수미산 중턱에는 4주세계.
4주세계 동쪽은 잘생긴 인간의 땅 승신주(勝身洲).
서쪽은 소를 화폐로 쓰는 우화주(牛貨洲).
남은 숲과 꽃이 무성한 염부제(閻浮提).
북은 칠보의 땅 울단월(鬱單越).

염부제 안의 사바세계.
사바세계 안에 우리 한국
그 안에 서울
삼각산 인수봉 발끝에 우리 집.

〈2022. 3. 18(금). 밤 11:14〉

마감의 압박

오늘, 마감날인데 날이 저무네.
"머리를 짜보거라!" 어디서 하는 말.
"짜도 안 나오는 시. 더 짜자!, 더, 더 짜자."
이 몸부림이 가여웠던지, 밤 어둠 속에서 무엇이?
작은 돌멩이 하나가 떨어져 어둠 속에 묻히는군.

이걸 짜볼까? 그러자
돌멩이가 놀라며 싹을 틔우네.
돌멩이의 새싹, 옳다 이놈이 시다! 그때에

"시는 싹이 아니라 열매인 걸." 어디서 하는 말.
그렇군 돌멩이 새싹에 꽃을 피우자.
나비가 없네. 내 손이 꽃가루를 뿌린다.

그러구러, 새벽 닭 소리에 열매다. 한 편의 시.
마감의 압박이 낳은 아기 이름은
새벽아기!

〈2023. 2. 2.〉

조국 위에 놓인 것

내 조국이 얼마나 고마운가?
숨 쉬는 공기부터 내 나라 위에 가득 놓인 것.
젖을 주는 엄마 가슴도 조국 위에 놓인 것.

부모님 숨결이 조국 위에 놓인 것.
고 곁에 작은 숨결의 싹으로 돋아
우리 모두가 있는 것.

내 방이, 내 집이 조국의 터전 위에 놓였다는 것.
외양간도 엄마 소도 송아지도
조국의 터전 위에 놓였다는 것.

들판을 내다보면
아버지의 땀으로 줄을 세운 오곡이
즐거운 들 바람에 고갯짓하네.
조국이 흙을 붙잡고 있다는 것.

그 흙이
우리 먹거리 열매 가꾸어 준다는 것.
그 고마운 일. 모두가 조국 흙 위에 놓였다는 것.

거기에 조국의 땅을 적셔주는 단비.
그 비가 내와 바다 되고, 지하수로 샘물 되고,
내 피 돼 주고, 땀이 돼 주고….

밥 지어 주고, 김칫물 돼 주고
샐 수 없는 고마움으로. 조국 그 위에
놓여 있다는 것.

〈2022. 4. 20(수). 밤 11:26〉

희망이라면 그거지 뭐

희망이라면 그거지 뭐.
남북 한 가족이 한자리에 앉는 거.
"먹세, 먹읍시다." 하고 서로 권하는 거.
진작 모일 걸, 하며 손을 서로 만져주는 거.
"하하하!" 크게 웃는 그거.

희망이라면 그거지 뭐.
남북 꼬마들이 골목에 같이 모이는 거.
장난감 그릇에 소꿉놀이 흙을 담아 서로 권하며
"밥이다. 맛봐라. 맛있다. 맛있다." 하는 거.
"진작 모여 놀걸." 하며, "재미있다. 재밌다." 하며,
볼을 서로 만져주며 "히히히!" 웃는 그거.

희망이라면 그거지 뭐.
남북 냐옹이 목소리가 한 마당에 모이는 거.
"냐아옹, 나는 신의주 들고양이다."
"냐아옹, 나는 서귀포 집고양이다."
"쥐잡기 잘 되니? 냐아옹."
"풍년에, 쥐도 잘 잡는다. 냐아옹."
웃을 줄 모르던 남북 고양이들도 이때는
얼굴을 서로 핥아주며 "해해해!" 한바탕 웃는 그거.

희망이라면 그거지 뭐
백두산, 한라산이 제 발로 걸어서 임진강까지 오는 거.
"나는 백두다!"
"나는 한라야!"
하고 손을 잡는 거.
두 산을 바라보는 남북 1억이
박수, 박수, 박수, 박수, 박수 치는 그거.

〈동화 향기 동시 향기. 2022 / 봄·여름호〉

1억의 나

내가 내가, 둘이라면
형제를 삼지 뭐.

내가 일곱이라.
가족 삼으면 되겠네.

내가 3백 명이면
하나의 마을을 만들지 뭐.
똑같은 집, 똑같은 대문을 달고
똑같은 모습에, 같은 목소리.

골목에서 만나면 나누는 인사.
"나 잘 잤니?"
"나로군. 반갑네."

그래서 나다.
같은 핏줄
같은 언어
같은 역사
같은 국토,
그래서 나다.

그런 내가 10만이면,
하나의 도시,
그러한 내가 1억이니, 통일 대국이다.

그걸 몰라서 이리 흔들리나?
남북 8천만, 해외에 2천만.
1억의 나!

〈2018. 1. 24. 경복궁지하철역에서〉

운필

종이에 옮기는 문자.
어제까지는 종이 위를 걷던 내 손이, 오늘은
손자에게 배워 자판 위를 걷는다.

늦은 내 나이에 더 늦은
세종대왕이 자판 위에서 동행이다.
"대왕님도 그러시죠? 세상을 메모하다 보면
 세상 하루가 세모일 때도, 네모일 때도 있죠?"
"그거 어째 내 생각과 똑같네."
"자판 앞에 놓이는 하루가 허공일 때도 있죠?"

"자네 눈이 어째 내 눈과 같은 걸 보나?"
자판 위에서 땅을 걷는다. 허공을, 바다 위를 걷는다.
요술 위를 걷는다, 어둔한 발걸음으로.

빛이 되려다가 스러지긴 해도,
고향 소리가 되려다가 넘어지기도,
그래도 꽃이 되려는 욕심이다. 그러다가
피어난 꽃에서 내 인생을 본다.
그 속에는 즐거움도 있다.

여기가 거기군, 여기기 거기였어.
자판으로 세상 더듬기, 같이 가며 웃는 이들이 보인다.
내 곁에는 세종대왕!

이렇게 해서 피로가 쌓인 하루가
원고지 30매를 이루었다, 대왕도 30매!
"자네는 어째 나와 같은가?"
왕도 나도 "후유!"

〈문학미디어. 2023 / 여름호〉

고추장 체면 살리기

들에서 돌아오신 아부지가
삼베적삼 벗어던지고,
고봉으로 담은 옥식기 보리밥을
푹푹 뜨셨지.

풋고추를 빨간 고추장에 찍어서 씹으며,
"고추가 매워서 좋구나." 하셨지.
아부지 입맛 닮으려고 온 식구가
매운 고추, 고추장에 찍어 먹으며
매워서 호오 호오, 했지.
되게 매우면 눈물도 났지. 그래도
매워야 밥맛이라.

"조선 사람 매운 거 잘 먹는다,
 독한 민족이야."
그 칭찬에 힘이 나서
총칼 메고 차고, 독립운동에 나섰지.
싸워서 독립을 했지.

오늘에 와서 이게 뭐꼬?
개량 고추에, 고추장이 달다.
이래도 되겠나?
외래종 고추 심어 만든
고추장 먹고 독한 민족 되겠나?

우리 할 일이 얼마나 많노?
독해야 사는데
그런 고추장 먹고 독한 민족 되겠나?

고추장 체면 살리자!
살리자!

〈자유문학. 2022 / 겨울호〉

예쁜 아가 살이 되는 기쁨

먹히기를 좋아하는
과일이 많지만
나는 그중에서도 사과다,
먹히길 좋아하는 과일의 왕.

예쁜 아기 손에 놓이려고
예쁘게 익은 거야.
아기가 깨물어도
과일은 아프지 않지.

아기의 조빗한 목으로
넘어가서, 다음에는
아가의 두 뺨에 살이 되는 거다.

아가 볼이 얼마나 예쁘냐,
사과가 이룬 예쁜 살.
아가 웃음이 얼마나 예쁘냐,
사과가 이룬 웃음이야.

〈2023. 2. 2. 밤〉

별나라에서

별에 앉아서
아침밥을 먹었다.

별에 놓인 내 책가방을 열고
별에 놓인 배움책을 챙겨 넣는다.
오늘의 시간표는
— 국 · 산 · 사 · 자 · 음 · 체

별나라 길을 걸어서
별나라 학교에 갔더니
별나라 동무들이 다섯이나 먼저 와 있군.

"얘들아 운동장에 나가서
 공차기 하자!"
저쪽 별나라에 가서 닿으라며
"뻥!"
공을 찾지.

지구라는 별,
우리 학교 운동장에서.

〈2023. 2. 2. 밤〉

나 만들기 친구

나 만들기, 내 친구를
사귀었지.
생각이 같네.
보는 눈이 같네.
목소리도 같아.
내가 친구를 닮아가는군.
닮다 보면 더 친해진다.

또 하나의 친구를 사귀면
친구는 나, 나는 친구
또 하나 친구를, 또 사귀면
나는 친구, 친구는 내 그림자.

그러다가, 꽃 포기 나무 포기까지
돌멩이까지가 친구 됐다.
그러다가, 온 세상이 나와 나로 가득.

나와 나는 우리.
그러다가 나는 깨달은 시인!

〈2023. 2. 23.〉

제4부 황새등재 소식 나르기

아리랑 가락, 한 모서리에

화려강산,
휘어진 봉우리, 골짜기처럼
우리 노래 아리랑의 휘어진 가락.

휘어진 가락 모서리에 터를 잡아라.
집을 앉히면
아리랑 가락에 놓인 집.

꽃을 심으면
아리랑 가락에서 피는 꽃.
아리랑 가락에서 꽃향기까지.
— 아리랑 아리랑 아라리요.

아리랑 가락 한 모서릴 과일밭으로 가꾸어라.
아리랑 가락 위에서 색색 가지 과일.
아리랑 가락 위에서 색색 가지 빛깔.
아리랑 가락 위에서 색색 가지 향기.
— 아리랑 고개를 넘어보세.

휘어진 가락 하나, 들판으로 가꾸면
논밭 이랑마다 풍년 바람.
아리랑 가락 위에서 익는 오곡,
벼며, 콩이며, 수수·콩·팥….
— 아리랑 이랑마다 풍년일세.
　아리랑 하나로 살아보세!

〈2018. 10. 21(일). 밤 10 : 12〉

백두산 마늘 농사

웅녀 할머니가
마늘 한 쪽씩을 나눠줬지.
백두산에서 시작된 마늘 농사.

"심어서 가꿔라."
집집마다 마늘 한 포기.
그러다가 마늘밭.
마늘밭 사이로 길을 내고
노래 부르면서 이웃을 나들었다.

가을 거둠 마친, 늦가을에
웅녀 할머니 얘기해가며
심은 마늘이

초록 잎으로 겨울을 난다.
여름에 거두면
김치에 마늘이.
양념에 마늘이.
건강에 마늘….

이 강산 어디나 백두산 기슭.
백두산 우리 흙이 안아 주고
가꿔준다.

마늘을 가꾸려면 웅녀 손을 닮아라.
그 흙에, 그 손으로
마늘을 가꿔 온 의성이란 고장.

거기선 지금도
백두산의 마늘 농사다.
마늘의 고장 의성!

〈2018. 3. 9.〉

시작 할아버지, 시작 할머니

우리나라를 시작하신 할아버지 할머니를 만나서
여쭈어봤죠.
"우리를 보시면 모두 귀여우시다지요?
 나이 많으신 우리 할아버지,
 순희네 할머니까지 귀여우시다죠?"

"그럼 그럼. 이 모두가
 손자 손녀의 손자 손녀의 손자 손녀의…"
그렇게 30분을 외우고, 따지시더니,
"…그 손자 소녀니까 귀엽다."
하셨지.
"손자들이 귀엽지 않으면 할아버지 할머니 아닌 걸."
하셨지.

"우리 이름 다 아시고,
 우리 나이 다 아시고
 우리 생일 다 아신다죠?"

"그렇다. 네들의
   할아버지, 할머니의 할아버지 할머니의
   그 할아버지 할머니의…"
그렇게 30분을 외우고 따지시더니,
"…그 할아버지 할머니니까 알고 있는 거다.
   손자 손녀의 이름·나이·생일도 모르면
   할아버지 할머니 아닌걸." 하셨지.

〈2022년 개천절에〉

황새등재 소식 나르기

국사봉은 쳐다보이는 높이요,
그 어깻죽지가 황새등재라.
누가 15리 이 재를 넘어 댕기노?
40리 안계장을 보러 가는 장꾼들이제.

황소 등에 보리 한 섬 지워서 넘고,
대래끼에 아기돼지 담아 메고 넘고,
장작 한 짐 지고 넘고, 싸리비 한 짐도 넘고….
갓 쓰고, 두루막 입고도 빈손은 없었제.

돌아올 적에는 지갯뿔에 고등어 한 손이나, 명태 반 띠라.
초경 넘어 어둠 속으로 돌아오는 장꾼을 보고,
"오늘 곡가는 어떻디껴? 무명베 · 삼베 값은요?"
묻는 말에, 안계장 소식이 재를 넘제.

"산 밖(山外)은 들녘이요, 산 안(山內)은 피난처라."
임란 때부터 전해온 말. 그래서 황새등재가
왜놈이 조선 먹었다는 소식은
천천히 열흘 만에 넘겨주고,

해방 소식은 그날 그 시에 날라서,
깽매기 쳐서 왜놈 쫓기는 걸 알리게 했제.
황새등재의 소식 나르기!

〈의성문학. 2022〉

고향 한 조각

고향에서 보내온 쌀로 지은 밥.
맛나게 먹다가
"삐직!" 소리.
돌멩이 한 개가 씹힌다,
쌀알 반 개 크기.

"고향 뒷산을 굴렀던 돌 같네.
 한 아름 돌이었을 걸, 그 조각이야.
 반갑네."

"아닐 거요. 마을 앞 봉화산 고개 것일걸요."
아내가 거드는 말.
육이오 피난 보따리 들고
소녀의 걸음으로 넘던 그 고개에서
다섯 길 바위를 보았다는 것.

그 바위 부서진 게 물길 따라와
벼포기에 매달렸을 거란다.
가끔, 그런 꿈을 꿨다는 아내.

행복하게도
아내와 나는
같은 마을 소꿉동무로 컸으니,

고향 생각나던 참이라.
고향 한 조각 이놈을
유리병에 넣어 둔다,

고향 생각날 때마다
들여다보자며.

〈문예시대. 2022 / 여름호〉

어쩌다가

나는 달빛 속에서 태어날 만한 인연이 없었다.
백석지기 살림이 줄어, 집만 덩그런 데서
한숨을 쉬던 어머니.

"이호댁(伊戶宅)에서 또 아들 봤다니더."
소문을 들어도 수양버들은 고개만 저었다는군.
메아리를 주고받던 앞 뒷산도 모르는 척만.

기다리던 생산이 아니었다.
어쩌다 보니
평산 신가(平山 申哥) 33대 4남으로….
그저 그것 뿐.

집집을 택호로 부르고
"머라 캤니꺼? 아니시더…."
사투리가 시끄런 초가 마을.

밭고랑 논고랑에서
오곡은 쭉정이가 많았던
소화(昭和) 8년,
일제(日帝)의 가을 어느 날!

첫울음 소리를
크게 내었던 것 같지 않다.

〈2018. 10. 4(목). 오전〉

내 손과 내 발

출발 전에 내 발을 보자.
발이 어떻게 움직이나.
발이 어디를 향하고 있나?
아침 여덟 시, 내 발에 띠띠 빵빵, 바퀴를 단다.

오늘은 세상과 무슨 흥정을,
오늘은 누구와 회식을….
발은 목적지를 향해 바퀴를 굴린다.

내 손은 역시 숫자적이다.
역사 연대를 세어 왔기 때문.
그래서 손은 계산기를 든다.

무엇에는 얼마?
거기에는 얼마를 주고, 저기에는 얼마를 받고.
주고받기에는 손이 앞선다.
발보다는 손으로 이룬 하루.

그러면서 내 것을 얼마나 이루었나?
생각에서 욕심을 빼고
눈으로 살피는 손.

발은 그거 몰라도 돼.
손에는 자기를 셀 줄 아는 손가락이 있거든.
확실히, 확실히 불어난 하루다.

그래서, 돌아가는 길에는
기쁨이 깔린다.
그 길에 바퀴를 다는 발!

〈작품일자 분실〉

남겨 둔 조각

"걱정이 되지.
 내 자리가 끝날 때면,
 자식이 내 자릴 지켜줄까?"
그 말에 자신 있는 사람 없네.
지방에서나 겨우 알려진 시인
나이니.

문명(文名)이 꽤 단단한 인사의 자식들이라도
제 아비 숨 거두고 나면,
아부지가 뭘 하셨는데요? 하는 판에.
음풍농월하면서 당신 혼자 좋으셨지, 하는 판에.
나야 눈감으면 그만
유언 한마디 없이 사라질 것.

장롱 귀에 보조개로 끼워 둔 종이 한 조각 이것이라도
손자눔이 본다면.
"이기 뭐로? 할부지 시 아이가?"

─ 하늘에 별이 떴네, 수두룩.
　우리 아기 손자에게
　노리개로 줬음….

"이게 할부지 시다. 재밌다."
한참 후 손자놈의 말.
"나도 할아부지처럼 시인이 될까봐!"
그 생각 말려야겠는데 나는 이미 저승에 자리 잡은 터라면.

〈2018. 10. 27(토). 밤 11시 6분〉

부러진 빗살

거울 앞에 나를 세우고
다정한 말로 빗어주고,
"예뻐졌지" 물어보던 빗살의 말.

세월 속 거울 앞에
내 백발을 세우고,
빗어보려던 오늘.

뚝 빗살 하나가 부러지는군.
"이제라도 새 빗을 사야겠어."
그 말에 빗이 섭섭잖을까?

"인생도 나이는 못 이기지.
 새 인생은 살 수도 없지."

버려지며
헌 빗이 남겨준 말.

〈2017. 9. 30.〉

제 5 부 석양에 같이 서서

나이 들수록

나이 들수록
아버지 가까이로 가고 있다.

'그때 그 말씀이 그래서 그러셨구나.'
이제야 아버지를 알아본다.

이어지는 생각에
부모님이 보고 싶다.
"어매!"
어머니부터 불러본다.
"왜 부르노?"

허공에서 분명한 어머니 목소리다.
"꾸짖으시던 말씀, 이제 다 알아듣니더."
목소리가 이르는 곳이 가깝다.

이 나이에사
부모님과 대화가 된다.
기쁘다.

〈2017. 10. 22(일). 오전〉

안내자가 셋

나이 들면 지녀야 하는 안경과 지팡이다.
그러다가 보청기.
보자면, 걷자면, 듣자면….

안내자 셋과 나 하나, 넷이서 걷는다.
한 살 많은 친구가 있어서 병문안이다.
병원까지는 30분.

돋보기라 불리는 안경이 말을 꺼낸다.
— 세상 모습을 잘 봐야 해요.
　 시간 가고 오는 걸 봐야 해요.

귀에 꽂은 보청기의 말.
— 세상의 말뜻을 잘 들어 둬야 해요.
　 세상 어디가 아픈지?

지팡이가 땅을 짚어가며 하는 말.
— 세상을 잘 짚어야 해요.
　 길을 잘 골라야 해요.

"그래 그래 그래."
그 말 듣다가 보니
병원 문 앞.

병상에 누웠던 친구가 벌떡 일어나며,
"친구 왔는가?
 자네 손을 잡으니, 벌써 다 낫았네."
"그래그래, 허허."

〈국제문단. 2023 / 여름호〉

석양에 같이 서서

석양에 같이 서서 지는 해를 바라본다.
바라보는 부부 우리도 저 해처럼 지고 있다.

"지는 해는, 하루에도 많은 일을 했는데?"
시인의 아내도, 말재주 절반이 시다.
"우리도 조금씩 쌓은 게 있잖소."
〈허리가 굽도록까지〉라는, 시인의 말.

"머리가 하얗도록 시를 가꾸었잖은가?
 우리 농사, 시 농사. 동시 가꾸기!"
농토 가꾸기보다 작은 일 아니었다는 말까지.
"당신도 그 농사를 거들었잖소?"

논에는 보리·벼 농사, 밭에는 콩·목화 농사.
밭 둘레에 뽕을 심어 누에 농사. 길쌈 짜기.
그 일이 큰일이었지만

입으로 흘리는 말을 모아, 결이 곱도록 다듬고,
가슴 온기로 녹여서 시행에 줄 세우는 일에.
"당신도 밥 짓고, 옷 지어 입히는 일로
 그 농사 거들었잖소?"

아내가 가끔씩 뿌려주는 거름이
동시농사를 도와 온 그거라는 말까지.
"바라보니 석양에 나직한 게 보이네
 나직한 저게 시탑이라 당신과의 공동작이오."

〈한국시낭송회의 2023 / 203회. 문학미디어. 2023 / 여름호〉

두 분, 그 아들도

아버지도 새끼 꼬시다
훑어보시던 지난날.
이것도 잘못 저것도
그렇게 느끼며 돌아보셨을 인생길.

가마니 바디를 잡고서도
전부터 오늘까지.
잘한 일에 나를 상주고
못한 일에는 나를 꾸짖고

그래그래, 그렇다고 인정하셨을 길.
그 길로 내가 가고 있다,
컴퓨터 작업을 하며.

진시(辰時)에 해를 띄우고,
오시(午時)는 점심때.
술시(戌時)에 대문을 닫았던 아버지, 어머니의 시간.

어머니도 어렸을 적 널뛰던 명절에
감나무 가지 새로 바라보던 달.
그때 잊혀지지 않은 일 더듬으면서
잘한 일에 웃고, 못한 일은 뉘우치셨을 것.

물레를 잣으면서 눈을 감고
흥얼흥얼 어제 일을 노래 위에 놓는다.
그날의 물레질.

무명은 열새, 물레로 잣고
삼베는 아홉새 진짓가지로 삼고
명주는 보름새는 곱게 짠다.

도투마리 비단실
달가닥 딱딱, 짜면서도
흥얼흥얼 지난 세상을
노래 위에 놓았던 어머니.

당신의 2세 이 작가도
새끼는 짚이 없어서 못 꼬고,
짚신은 배우지 않았고
베틀도 물레도 없는,
그때 것이라곤 내 손가락 몇 개.
그것으로 종일 자판을 누르면,

어제 생각, 엄하시던 아버지보다도
이놈, 저놈, 자식 걱정이다.

울분 섞어 입버릇을 풀다가
어제도 오늘도, 세월 쫓아서 살다 보니,
모든 게 잊혀지지 않아
헛기침으로 뉘우친다.
— 어험!
— 어험!

〈작품일자 분실〉

허공은 임자를 두지 않았다

허공에도 경계가 생겼다.
내 키의 영공.

내 집 번지의 영공,
너, 나의 영공이
또렷이 금을 그었다.

그전부터 나라 사이에
영공이 생긴 것.

영공침범이다.
쏜다.
고사포가 난다.

이러지 말기를, 제발.
인류의 조상이
허공에만은
경계를 두지 않았다.

그때가 평화로웠지.
이제는 허공까지 겨루기다!

⟨2017. 10. 22(일).⟩

흙으로 시를 쓰고, 흙을 본받아 온 큰 시인
― 혜암 최춘해 선생 구순에 ―

상주군 사벌면 논 밭둑
곡식 포기 사이,
감나무와 밤나무 사이에서 자랐으니
혜암을 흙에서 난 사람이라 했다.

흙은 새싹을 틔운다.
흙은 새 생명을 키운다.
그래서 흙보다 큰 어머니는 없다.

흙은 흙과 손을 잡아
국토를 이루고,
나라를 이루고,
지구촌을 이루었다.

흙보다 더 큰 손길은 없다.
흙보다 더 큰 창조주는 없다.
흙보다 더 큰 스승은 없다.
흙보다 더 큰 사랑은 없다. 없다!

생명체 모두는 흙에 놓인 것. 그런데,
내가 흙을 본받아 살아보자.
내 문학을 흙에서 가꾸어 보자.
흙에서 얻은 시를 흙에다 심자며 나선,
시인이 있으니.

― 누구~게?
시를 아는 이가 먼저 손을 든다.
― 혜암 최춘혜, 큰 시인이시죠.

그렇다, 맞다.
혜암이야말로 흙의 시인!
흙으로 쓴 흙 연작과 흙에 담긴 시가 5백 편을 넘었으니.
그 흙의 신앙을 여기에 다 쏟아서 얘기할 순 없지.

흙을 시 예술로, 그 안에 사랑을 담은 대작들.
세상 누구도 혜암을 따라갈 흙의 시인은 없다.
흙의 시로는 그 둘째에 놓일 시인도 없다,
셋째도….

흙을 본받아 살기로 하고, 보니
흙보다 원만하고, 큰 사랑이 없다. 흙을 본받고 보니,
앉을 자리에 앉고 설 자리에 서는 사람이라면 혜암이다.
어디서나 겸손하고, 서운한 말을 참고 후배를 타이르는 선배.
후배를 기르고 가르치기 위해서 모은 혜암 아동문학회!

그러한 큰 시인 혜암 선생이 만으로 구순이 되셨으니
그 나이까지에 이룬 것이
몇 개의 산이라.

상주에서 7년을 상주 아동문학회 가족으로
대구 생활 10여 년에 대구 아동문학회 가족으로
이웃에서 넘나들며, 존경하는 형님으로 모시던
작은 아우가 먼저,

머리 숙여 올리는 인사 말씀.
— 혜암 최춘해 형님의 구순을 축하합니다.
   오래 건강하소서!

세월 속 내 고향, 그 우람한 꽃나무
— 가산 김정협 선생의 문집 『세월 속 내 고향』에 곁들인 글 —

가산은 경산의 거목.
대한민국 교육계의 거목.
경주김씨 집성촌 홍산 마을에서 자라
가뭄을 크게 이긴 나무.

일제를 이기고, 6·25에 종군, 침략자에 이기고.
기차통학으로 경북사대를 나와서부터
교장 선생님으로, 주일대사관 교육관으로
오사카 한국 초·중·고 교장으로
시인으로 작가로…, 세상을 화려하게 이겨온 거목!

오늘 아흔 넘은 나이에,
거목의 손이 문학의 꽃나무를 심었다,
세월 속의 꽃밭, 내 고향의 꽃밭에.

「세월 속 내 고향」 우람한 이 꽃나무.
동심의 가지와 가지에는 동시의 꽃이 조롱조롱
— 송아지·강아지·병아리의 귀여운 재롱이.
— 온 가족이 방긋방긋 사랑의 웃음이.
— 증조할머니 살짝 이야기, 까치의 설운 사연까지.

수필의 많은 가지에는 수필의 꽃.
가산의 어릴 적 얘기가 꽃으로 피어 있네.
고향 마을 어제와 오늘이, 꽃으로 피어 있네.
남기고 싶은 가르침이 꽃으로 피어 있네.

그 꽃에서 익은 열매들을 열면
― 나라 사랑은 이렇게 하라.
― 효도로써 문중을 지켜라….
교육자·시인의 말씀이 가득가득.
읽는 이 모두가 박수 박수다!

〈2022〉

서대문 그 붓끝이

순국선열의 터, 서대문
하늘을 움직이던, 그 목소리가
조용하시다.

독립관 그 많은 영위에서 말씀이
역사관, 옥고의 감방에서도 말씀이
독립문 초석에도 말씀이 들린다.
잔디밭에 잔디, 무궁화 송이가 귀를 세우네.

알아듣는 자는 그래도
우리 글 사랑을 곁들인 귀라.
그 귀로도 조용히 들어야 들리는, 오늘.

그거 모두라 할 것 없이,
조금씩만 지녀도 크다!
그 정신 조금씩만 옮겨 써도 큰 문학이다!
야아!

이러한 서대문에 해 뜨고
별이 뜨는 일이 얼마나 대단한가.
밝고 따스운 볕 아래서
그 정신을 받드는 문학인 가족이 있어
얼마나 놀라운가!

그 붓끝이 독립 만세 그대로다.
서대문 문협. 한 가족이 펴 든

서대문 문학!

〈2018. 8. 25(토).〉

황찬희 시인을 보내며
– 하늘나라 낙이 끝없기를….

이 한 세상에서 시법을 익혀
내 인생을 싹틔워 시편으로 가꾸고
데뷔의 테이프를 끊었다면 큰 보람이라.

우리 찬희, 황 시인은
이름에 새겨진 대로 반짝이는(燦) 열정이었지.
소녀적 동심으로
등굣길에 탔던 땡땡이 기동차를 들어 보이고,
추억의 살곶이다리를 들고 와서 보여주기도….

출렁이며, 마을 앞을 흐르던
옛 한강, 옛 강줄기를 그 위에다 얹는 재주를 보고
유능한 시인이다, 감탄을 했었지. 그러나,

우리는 황 시인의 가슴 깊이에
아픔이 있다는 걸 몰랐었네.
부군을, 따님을 가슴에 묻은걸,
그것이 못 견디게 아픈 상처였음을 ㅡ.

그 침묵이 그것이었음을 이제야 아네,
잊자 잊자며, 가슴 누르며
시에 몰입했던 일을.

그 다짐으로 반달문화원 동화구연 1급 지도사가 되었고,
그 다짐으로 아동문예 문학상 당선자로.
데뷔의 관문을 나서서 미소의 손을 젓던 황 시인의
반짝이던 모습!

소파 정신, 반달 정신, 눈솔 정신이
꽃을 피운 밭에서
그 꽃을 안고 뛰던 황 시인.
그러느라, 자기 뼈에 스민 질환을 몰랐구나.
이제 와 생각하니, 애닯구나, 애달퍼!

반짝이는 시 정신으로 엮어 가던 시집이, 이젠
유작이 되었구나.
유족 두 아들, 반달 우리 가족이
눈시울을 적시며 두 손을 모으네.

소파, 반달, 눈솔 선생이
미리 자리 잡은 그 곁에서
하늘나라의 낙이 무궁하기를─.
나무 아미타!

〈2018. 6. 2. 새벽 3시 16분〉

제6부 동글이가 굴러서 도봉 한 바퀴

내가 살고 있는 서울특별시 도봉구를
자랑하기 위해서 쓴 풍물시입니다.

〈도봉문화 36호(2022)〉

만장봉에서

도봉산의 머리는 만장봉이죠.
만장봉은 커다란 바위.
그 봉우리 꼭대기에 예쁜 돌 한 개.
동그래서 '동글이'라 불렸죠. 축구공 크기.

"잘 구르겠는 걸, 예쁜 돌이네, '동글'이라지."
산에 오른 등산객마다 칭찬이었죠.
"듣고 보니 기분이 좋군. 굴러볼까?"
만장봉 꼭대기서 내리구른 동글이.

— 떽데굴, 떽데굴….
도봉산 높이, 740미터를
구르는 재미.

산이거든 도봉산처럼 아름다워야.
그 우뚝함, 그 당당함, 힘이 보이는 산.
온갖 나무, 온갖 꽃, 산새, 산짐승을
안고 키우는 산의 어머니.
계곡마다 지닌 고적이 있지 천축사·망월사 등.
그 사이를 떽데굴, 재미있네.

산을 오르는 사람들은
등산복, 등산모에
멜가방 하나씩.

"우리는 도봉산을 오르는데
 도봉산을 굴러내리는 동그란 돌이 있군."
구르는 동글이가 재미있어 보인단다.

천축사 신라의 종소리

동글이가 굴러서 닿은 곳이 도봉산 천축사.
신라 때 의상 큰스님이, 지은 절. 신라의 절.
그러나 옥천암이라는 작은 암자였지.

칠백여 년 뒤, 조선 태조 대왕이
도봉산을 둘러봤지.
"산이 좋구나, 여기 이 암자에서
 백일기도를 올려야겠다."

절이 작으니 크게 고쳐서 지었지.
이름도 고쳐서 천축사로.
'천축'은 부처님이 살던 나라 이름.

"이 나라 조선에 힘을 주소서, 부처님.
 백성 모두를 편안하게 하소서, 부처님!"
법당 가득 신하들이, 대왕을 따라 기도를.

오늘에는 대한민국을 위한 기도다.
통일을 바라며 합장 예배하는 시민들
1400년 고적을 살피며 신라를 생각하는 시민들.

신라의 저녁 종이 서른세 번 울리면.
도봉산 초목이 잠에 든다지.
산새, 산짐승이 잠에 든다지.

선비정신이 가득한 도봉서원

동글이가 도봉산을 굴러 내려와서
큰 대문을 들어서니
선비정신이 가득한 도봉서원이다.

"어험 어험!"
공자님 기침 소린 줄 알고 살펴보니.
정암 조광조 선생이다. 그 옆에는 우암 송시열 선생.
도봉서원은 조선 선조 때 세운 유학의 전당.
정암 위패와 우암 위패를 모신 곳.

"어, 퇴계 선생도 와 계시네."
천 원 지폐에서 보았던 모습.
"율곡 선생도 오셨네." 오천 원 돈에서 보았던 모습.
정암 · 퇴계 · 율곡 · 우암, 옛날 유학자 네 분이
"동글이가 여기 왔구나." 하며 놀란다.

"돌멩이 제 이름을 어떻게 아시죠?"
"우린 조선 시대를 대표하는 스승이야."
시간을 역류시켜 도봉서원에 왔는데,
돌멩이 이름 알기는 아주 쉽단다.

"서원은 옛날의 사립대학이야. 배워라 배워!"
옛날 스승님 네 분이 서원을 돌며 가르친다.
서고에 가득찬 책을 읽으며.
공자님 말씀 모두.
맹자님 말씀 모두.
성현의 가르침 모두를 배웠다.

"네 분 선생님 고맙습니다."
동글이가 절을
꾸벅!

여기는 도봉 옛길

동글이가 다시 굴러,
이른 곳이 도봉 옛길.

도봉 옛길은
동북지방 함경도로 열려 있던 큰길.
금강산으로도 이어졌던 길.
오늘의 도봉구를 남북으로 지났던 길.

— 말방울 소리가 들렸던 옛길.
— 봇짐 진 나그네가 이어졌던 길.
— 선비들이 과거 보러 다녔던 길.

— 동북지방 생산품이 모여들던 길.
— 동해의 해산물이 모여들던 길,
— 금강산 구경하러 다니던 길.

오늘은 그 곁에 8차선 도봉로가 뚫려
"띠띠 빵빵…" 자동차가 이어진다.
그 곁에 기찻길이 하나 더 있어서
승객과 생산품이 기차를 탄다.

도봉 옛길에 다락원이 있었다지.
강원 · 함경도를 오가는
나그네, 보부상이
하룻밤 머물러 쉬던 옛날의 여관.

지금은 빌딩이 들어선
다락원 터에서
동글이 귀에는 나그네들 목소리가 들린다.
딸랑딸랑 말방울, 나귀 방울 소리도.

통일의 날에는 더 넓어져야 할 도봉로
그 곁에서 통일을 기다리는 도봉 옛길.

원당 약수, 6백 년 은행나무

동글이가 한 번 더 굴러서 이른 곳이
방학동 원당샘.
학이 날던 방학동이라. 여러 명소가 있지.
그 첫 번째가 원당샘.

도봉산 뿌리에서 솟아나는 약수
옛날 이름은 〈피양우물〉
오늘 이름이 〈원당샘〉
이 둘레가 원당샘 공원.

가뭄에 마른다면 약수 아니지.
장마에 쏟아지면 약수 아니지.
추위에 어는 물은 약수 아니지.

좁은 홈으로 밤낮 같은 물소리.
365일을 졸졸졸 졸졸졸….
도봉산 뿌리에서 솟아나는 약수.

6백 년 동안 원당 약수터를 지켜온 방학동 은행나무
서울특별시 보호수 1호에, 서울특별시 기념물 33호.
높이 25미터, 몸둘레 10.7미터.

도봉의 시인들이 해마다
이 보호수 둘레에 시를 써서 걸어 놓고
6백 년 살아온 은행나무에게 묻는다.

"할아버지 나뭇가지에서
 길러 온 새가 얼마죠?"
"할아버지 나무 그늘에서 자라온 어린이가 얼마죠?"

할아버지 은행나무의 대답은 언제나
"셀 수가 없지." 한 마디.

한글 창제를 도왔던 정의공주 잠든 자리

"나라말이 중국과 달라서, 한문으로는
 자기 뜻을 적을 수 없는 백성이 많구나."
어진 임금 세종의 근심.

"우리 말에 맞는 글자를 만들어야겠다."
대왕의 생각에 찬동하고 나선 공주가 있었지.
"그렇게 하소서, 아바마마. 만백성의 소원을 이루어주소서."

누구였을까? 세종의 둘째 따님 정의공주였지.
슬기로도, 예쁘기로도 뛰어나, 대왕의 사랑을 독차지했던 공주.
훈민정음을 궁리하시다가 가끔 공주의 집을 찾았던 대왕.

그때마다 대왕께 좋은 의견을 올렸던 정의공주
한글 토달이법을 직접 연구했던 공주.
훈민정음 창제를 도운 숨은 공로자 정의공주님!

— 내가 백성의 어려움을 위하여
   새 글자 스물여덟을 만드노니….
훈민정음 창제가 끝나고, 대왕이 머리글을 읽고,
기쁨을 어쩌지 못했던 정의공주.

"여기 공주님이 누워계시네!"
구르던 동글이가 찾아낸
서울특별시 유형 문화재 50호, 정의공주 묘역!

눕는 풀 위에 김수영 문학관

"시의 세계를 알아볼까?" 하고, 동글이가
김수영 문학관으로 굴러들었지.
벽에 붙은 김수영 시인의 시를 읽는다.

                   풀
                김 수 영
      풀이 눕는다.
      비를 몰아오는 동풍에 나부껴
      풀은 눕고
      드디어 울었다.
      날이 흐려서 더 울다가
      다시 누웠다. ······.

— 풀이 나부끼다가 눕는다. 시의 세계다.
— 풀이 운다. 시의 세계다.
— 울다가 다시 눕는다. 역시 시의 세계.

문학관 2층에도 3층에도 그 위층에도
김수영 시인의 시가 가득가득.
김수영의 문학 정신이 가득가득.

밖에 나와서 보니 김수영 문학관이
누운 풀 위에 놓여 있다.
시의 세계다!

정의의 할아버지 함석헌 기념관

인권 운동가 · 시인 · 사상가에
언론인 · 종교인으로 불리던
한국의 간디 함석헌 할아버지.

할아버지 사시던 쌍문동에 할아버지의 기념관.
흰 수염이 고왔던 할아버지.
하얀 한복차림으로 일했던 할아버지.
세상을 고루 사랑했던 할아버지.
웃음과 웃음소리가 좋았던 함석헌 할아버지.

할아버지 고향은
평안북도 용천군의 시골이었다지.
민족운동가를 많이 길러낸 정주 오산학교에서
안창호 · 이승훈 · 조만식 선생에게 배우고,
일본 유학 마치고 모교 오산에서 제자를 가르치기도.
일제에 의해 두 차례나 감옥살이를.

단신으로 월남, 두고 온 가족과 이산가족이 됐다지.
《사상계》 주필, 《씨올의 소리》 발행인,
무교회주의 퀘이커교 한국 대표로 활동.
함석헌 전집 20권 출간.

수많은 불의와 싸워온 할아버지
한국의 간디.

만화천국 둘리 박물관

쌍문역에 내리는 손님을 반갑게 맞아주는
둘리네 만화 가족
아기 공룡 둘리와 코가 빨간 외계인 도우너.
목이 긴 타조 도치, 쪽쪽이를 입에 문 아기 희동이….

"에스컬레이터에서 조심하세요."
"건널목에서 차 조심하세요."
"그래그래, 네들 모습이 웃음 나게 재밌다."

쌍문역 가까운 소피아호텔 네거리에는
둘리네 한 가족이 노래하는 동상이 있지.
만화 아저씨 고길동이 지휘봉을 들었다.
합창에 어우러진 둘리네 한 가족.
가족 속에 무궁화가 한 나무. 고운 꽃이 한가득.

쌍문동까지 굴러온 걸음에 둘리 박물관까지 온 동글이.
"여기는 만화천국이네!" 하고 외친다.
지하 1층은 만화 영화관.
지상 3층까지가 만화 세상이다.

— 요리조리 숨기 좋은 미로 정원,
— 웃음만 나게 하는 테마타운.
— 세계의 만화책이 다 모인 둘리 도서관….
— 만화 세상을 알리는, 전시관과 전시관….

이 모두가 만화의 대작가 김수정 선생 솜씨란다.
방마다 재미가 가득가득.
어린이를 즐겁게 하자는 큰 뜻이 가득가득.

만화 영화관에서는 둘리 가족 모두가 만화 영화 출연이다,
둘리네 옆집 형, 마이클까지.
모인 아기들이 영화관에 가득.
둘리 가족 익살에 박수 소리 짝 짝 짝.

도봉산의 큰 대문 창동역

동글이가 구르면서 들은 말.
창동은 나라의 곡식 창고가 있었기에 부른 이름.
백성을 먹여 살리던 마을이었다는 뜻.

1910년, 서울 용산에서 동해안 원산까지
경원선이 뚫렸지.
칙칙 푹푹, 기차가 달리기 시작,
창동 마을에 창동역이 생겼지.

여행객을 실어 나르고, 생산품이 오고 가고….
"칙칙폭폭, 창동 내리세요!"
"칙칙폭폭 창동에서 타세요!"
동해안과 서울이 한 마을이 되었지.
철길이 함북 두만강으로 이어지면서
두만강까지 이웃이 되기도.

지하철 4호선이 창동에서 만나면서
하루에 6만 명이 나들게 된 서울의 관문, 창동역!
전국에서 도봉산을 찾는 이에게는
도봉산의 큰 대문이 창동역이다.

창동역에 내린 관광객이 소리친다.
"야아! 도봉산이 보인다. 저게 만장봉이야!"

창동의 사자 세 분이 있는,
창동 역사문화공원

도봉로 길가에 창동 역사문화공원
여기에,
창동에 숨어서 민족 운동을 펼쳤던
창동의 사자 세 분의 동상이 있다.

일제에 사자처럼 항거했던 세 분.
가인 김병로 선생,
고하 송진우 선생,
위당 정인보 선생이 앉고 서서
민족의 갈 길을 이야기하는 모습.

가인은 변호사로
많은 독립운동가를 무료변호.
대한민국 초대, 2대 대법원장.

고하는 동아일보 사장으로,
손기정 선수 가슴에
일장기를 지운 분.

위당은 역사학자요, 국문학자요, 민족운동가.
설날 노래, 3·1절, 광복절, 개천절 노래를 지은 시인.
6·25에 납북된 애국지사.

여기에 '평화의 소녀상'까지.
동글이와 소녀가 외친다.
"일제의 죄는 용서할 수 없다!"
"그렇다!"

굴러온 동글이는 어디로 갈까?
"도봉의 흙이 될 거다" 하며
창동 문화공원 흙 속으로 쏙!

문화훈장을 받았으니, 더 열심히 시를 써야겠지요?
정선혜 시인(우)과 이정아 시인이 축하해주셨습니다.
(2022. 10. 21. 장소 : 국립민속박물관)

고추장 체면 살리기

초판인쇄 2023년 6월 10일
초판발행 2023년 6월 17일

지은이 | 신현득
펴낸이 | 서영애
펴낸곳 | 대양미디어

04559 서울시 중구 퇴계로45길 22-6(일호빌딩) 602호
전화 | (02)2276-0078
팩스 | (02)2267 7888

ISBN 979-11-6072-114-0 03810
값 12,000원